KB230547

철마는 달리고 싶다

이기호 제3시집

인간본연의 자연친화 회귀사상
지구상에 마지막으로 존재하는
분단 조국에 대한 상황인식
통일의 염원에 대한 이상향과 시인의식
시인의 가족과 이웃에 대한 무한한 사랑과 정
지난날에 대한 회상과 추억을 반추하면서
자신의 모습을 되새기고 성찰하는 시어들…
철마는 달리고 싶다 —

한누리미디어

국립중앙도서관 출판시도서목록(CIP)

철마는 달리고 싶다 : 이기호 제3시집 / 지은이: 이기호. —
서울 : 한누리미디어, 2007
  p. :   cm

ISBN 978-89-7969-304-1 03810 : \10000

811.6-KDC4
895.715-DDC21   CIP2007001920

제1시집 《마음의 등불》 출판기념회장에서(2005. 11. 19) 숙부님을 모시고 가족과 함께

제1시집 《마음의 등불》 출판기념회장에서(2005. 11. 19) 왼쪽으로부터 이수화(시인, 문학박사, 국제펜클럽 한국본부 부이사장), 필자, 김재엽(시인, 한누리미디어 대표)

제10회 문학21문학상 본상을 수상하며(2006. 12. 22) 왼쪽으로부터 안도섭(시인, 문학21 발행인), 필자, 필자의 처

제7회 국제문화예술상 금상을 수상하며(2006. 12. 20) 시상자는 김선(문학박사, 문학평론가, 국제문화예술협회장), 홍윤기(문학박사, 시인), 도창회(문학박사, 수필가)

제11회 한국문학예술상 시부문 본상을 수상하며(2007. 1. 4) 시상자는 성찬경(시인, 예술원 회원), 이만의(시인, 한국문학예술진흥회장, 전 환경부 차관)

제18회 허균문화예술상 본상을 수상하고(2007. 3. 31) 왼쪽으로부터 안성수(시인, 수필가), 김태현(사무국장), 박대규(시인), 장충열(시인), 필자, 김선(문학박사, 평론가)

'문학과 인생 특강'을 마치고(2007년 6월 16일 파평중학교 대강당에서) 왼쪽으로부터 라유숙(시인, 시낭송 총무), 고광수(열린문학회 회장), 오문옥(시인, 국제시낭송회 회장), 김선(문학평론가, 문학박사), 필자, 강상숙(시인, 국제시낭송회 부회장), 박희진(가수)

파평중학교 교직원들과 한 자리에(2007. 7. 9) 왼쪽으로부터 송세권, 박대열, 김성범, 이주호, 안광칠, 차영희, 성기봉, 이기호, 박춘동, 송희숙, 최춘배, 김은수, 함정경 선생님

제19회 황희문화예술상 본상을 수상하며(2007. 7. 21) 시상자는 심사위원장 도창회 박사

제19회 황희문화예술상 본상을 수상하고(2007. 7. 21) 심사위원장 도창회 박사, 김재엽 한누리미디어 대표와 함께

제19회 황희문화예술상 본상을 수상하고(2007. 7. 21) 협회 임원들과 함께

제19회 황희문화예술상 본상을 수상하고(2007. 7. 21) 김옥선 전 국회의원을 모시고 한국문인협회 안성지부 회원들과 함께

이기호 제3시집

철마는 달리고 싶다

시인이 시집을 낸다는 것은 보람도 있는 일이면서 두려움도 앞서는 일입니다. 이런 날이 자주 왔으면 참 좋겠습니다. 의상이 우리 몸의 날개인 것처럼 새로운 옷을 갈아입고 독자 제현들께 올립니다.

제3시집 《철마는 달리고 싶다》를 세상에 내어놓는다고 생각하니 참으로 기쁘기 그지없습니다. 부족한 점 허물하지 마시고 바른 가르침 주시기를 바라며 그 가르침대로 더욱 진술하게 노력할 것을 다짐합니다.

제3시집 《철마는 달리고 싶다》는 어린 시절의 고향에 대한 그리움과 부모님을 기리는 마음으로 〈안성의 들녘〉, 〈우리 사전리〉, 〈내 사랑 무주〉, 〈세월이 훑고 간 낡은 집〉, 〈할아버지는 이렇게 살았단다〉, 〈모골탑〉, 〈우골탑〉, 〈아내의 기원〉, 〈여름지기 하루〉 등을 1부에서 활짝 펴 보고 싶었고, 교직자로서 〈닭의 삶〉, 〈철마는 달리고 싶다〉, 〈손수건〉, 〈경의선 기차〉, 〈요지경〉, 〈풍산리〉, 〈배움〉, 〈늘 좋은 생각〉, 〈내 길을 간다〉 등을 통하여 훈화교육적 면으로 제2부에 담아 보았으며, 〈황금 돼지의 해 봄〉, 〈내 삶의 길〉, 〈기다림〉, 〈욕망〉, 〈억이 뭐길래〉, 〈만남의 여정〉, 〈해방둥이 잘 모른

다〉, 〈커피 한 잔의 여유〉, 〈내일을 위한 하루〉 등으로 제3
부에서 노래하였습니다. 그리고 〈나제통문〉, 〈남한산성〉,
〈한 폭의 수채화〉, 〈백연리의 재두루미〉, 〈검룡소〉, 〈한
강〉, 〈임진강 물〉, 〈안면도 백사장〉, 〈나로도 유람〉 등 자
연을 노래한 것들을 제4부에 담았습니다.

국제문화예술협회 회장으로서, 또 USA IAEU평화재단 국
제부총재로서 한국 문단을 이끄시느라 매우 바쁘신 중에서
도 부족한 글을 보아주시고 작품평론을 통하여 용기와 가
르침을 주신 문학박사 김선 교수님께 심심한 감사의 말씀
을 올리며, 시집 발간에 용기를 주시고 정리에 애써준 한누
리미디어 김재엽 사장님께 감사드립니다.

끝으로 나 자신이 몸담고 있는 파평중학교의 교직원 여
러분께 삼락三樂이 항상 있기를 기원하고, 나의 가족과 우리
제자들과 이 기쁨을 함께 하고자 합니다.

2007년 7월 1일

서당書堂 이 기 호 사룀

차례 · *Contents*

Contents · 차례

제2부 닭의 삶

차례 · *Contents*

제3부 황금 돼지의 해 봄

Contents · 차례

제4부 나제통문

제1부 안성의 들녘

안성의 들녘

해기둥이 솟아오르기
이전에 들녘에 나가
해거름에 일 끝나 돌아간다

아내는 들녘으로
맛깔나게 만든
조반을 함지박 속에 넣고
머리에 이고
함초롬하게 담아
내 앞에 상 차린다

여름지기의 구슬 같은
땀방울
시시때때로 논밭에 흘린다

비가 오면 도열병이 들까
바람이 불면 작물이 쓰러질까
봇물은 늘 적당하게 잠겨 있을까
이삭 비료는 적당하게 주었는가
이것저것 꼼꼼히 챙겨 본다

여름지기꾼의
손질 끝에 자라
삼복더위에
이 한 몸 뜨겁게 달구고 있다

자각질 자미지게
옛비식한 웃음
그제야 한숨 쉬는 것을
누구인들 알 것이랴
얼씨구나 절씨구나 지화자 좋다

스스로 내 마음을 달래본다

황금빛의 새옷 갈아입고
산들 바람에 한들한들 물결친다.

*함지박 : 통나무를 파서 큰 바가지같이 만든 그릇
*함초롬 : 가지런하고 고운
*자각질 : 추수하는 일
*자미지게 : '재미있게' 의 제주 방언
*옛비식한 : 빙그레한

우리 사전리

오두재 넘나들던 길
내 살던 집 옆으로
서당골에서 흐르는 실개천
늘 마음의 안식처로 자리잡고 있다

입새에는 비석거리
노송의 숲에는
일본의 강압에 못 이겨
송진 채취의 혼적이 남아있다

큰 느티나무 그늘 쉼터
향기는 콧속 깊이 스며들고
산소가 가득 찬 나뭇잎 사이로
반짝이는 햇빛을 바라다본다

제월정濟月亭에서
풍류를 즐기거나
학문을 익히던 곳
마음이 복잡할 때 찾는다

도산서원陶山書院에서

사서삼경이나
사서오경을 읽는 소리
들릴 듯 들릴 듯하고
냇물은 두문 뒷산에서
발원하여 금강으로 흐른다

마을 입새에는
산고수장山高水長이라
쓰인 큰 비가 웅장하게 서 있다
서로 우애 있고 공기 좋으며
길 좋고 마음이 풍요롭다
가옥은 팔짝 지붕에
통나무기둥으로
장식한 한옥이 즐비하다

밭에 삼씨 뿌리고 거두어
삼베길쌈을 하는 고장이다

마을 뒤쪽의 신작로에서
내려다보면 옹기종기 집들이
어깨를 맞대고 앉았으며

덕유산 남으로 쭉 뻗어 있다

나무의 숲 사계절 늘 푸르고
노을의 세상 아름다움이어라.

*제월정 : 전북 무주군 안성면 사전리 국도 19호변에 있음
*도산성원 : 전북 무주군 안성면 사전리 사전마을에 있으며 이 서원은 원래
　　순조 13년(1813)에 죽전리 오도산 아래에 건립한 것인데 고종 5년
　　(1868) 서원철폐령으로 훼철되었다가 1968년 현 위치에 다시 중건
　　되었다. 이 서원의 도산사에는 충목공 김여석金礪石과 임회당 박희
　　권朴希權의 위패를 모시고 매년 3월 27일 향사를 지내고 있다
*산고수장 : 산처럼 높고 물처럼 굽이친다는 말로서 인자나 군자의 덕을 길
　　이길이 전함을 뜻하는 말
*아래의 보호수 : 전북 무주군 안성면 사전리 사전마을 입새에 있는 느티나
　　무이다
*보호수 지정나무 9-8-5-2 느티나무. 1982년 9월 20일. 수령 300년. 둘레
　　4.4m 수고 20m.

　　　　나는 당신 위해 이렇게 서 있습니다
　　　　이 땅 일어났던
　　　　모든 재난 속에서도
　　　　오직 당신 위해 의연히 서 있습니다
　　　　앞으로 더욱 아끼고
　　　　사랑해 주신다면
　　　　당신과 당신의 후손들 곁에서 억겁을 살으렵니다

　　　　　　　　보호수 느티나무 입간판에서 저자가 옮김

내 사랑 무주

벚꽃 잎은 명주실 바람에
휘날리는 한적한 오후
남대천의 뚝길 걸었다

늘 푸른 꿈
키우던 한창철
이런 저런 저울질하고
자질하다가
그대의 집에 들렀다

혼쭐이 난 나
웬지 그대만 보면
그때는 예도록 오기가 생겼다

오늘 새로운
남대천의 뚝길
되새김에
나 혼자서 걷고 있다

오랜 추억 가슴 속에
묻고 살아왔던 나

빗장을 잠시 풀어본다

색 바랜 내 모습의
마음 문풍지 속으로
내 사랑 무주 살포시 잠긴다.

*한창철 : 가장 성하고 활기가 있는 때
*예도록 : 갈수록
*자질하다가 : 이리 저리 궁리하고 재어보다가
*빗장 : 문을 닫고 가로질러 잠그는 막대기나 쇠장대
*마음 문풍지 : 바람에 쉽게 움직이는 가녀린 마음을 비유한 말

세월이 훑고 간 낡은 집

세월이 훑고 간
낡음의 큰 집
아버지께서 지은
한옥 깔끔하게
새롭게 단장하니
부모님 모시고
행복하게 살았다

이제야
얼 뿌리
얼신얼신
굴뚝에
연기 속 그을음
피어오르는
경경열열이다

어머니
거주하시던 안채
여자 형제 시집가기 전
지내던 가운뎃방
아내와 아이들

쓰던 건넌방
도배로 단장하니
애환이 서려라
애련이 사록사록하다

행랑채 흙벽 새로 바르고
새로 창문 달고 도배하니
아우와 흙의 벽 바르던
3칸 방에서
어머니와 여동생
누에 키우시던 모습
내 젊은 시절
생각나 눈물이
애도래라 서럽다

대문채는 소 우리
허청이 있고
돼지우리 있고
방 하나가 있다
방문 열고 보니
60년대 쓰던

라디오, 전축
텔레비전이 있다

연속극 시청하러
동네 어르신 꼬마들
2칸의 방에는
발들여 놀 틈 없고
22시 넘어야 귀가한다
아내는 모래를 쓸고
걸레로 훔치고
아이 세수시킨다

3동 14칸의 집
젊은 시절이 그리워진다
세월 따라서
훑고 간 낡은 집
애련의 쇠사슬에 묶여
미소조차 침묵
향수에 젖어든다.

*애환 : 슬픔과 기쁨
*애련 : 사랑하고 그리워함
*애도래라 : (고어)애닮구나
*얼 뿌리 : 정신이 살아 있는 뿌리
*얼신얼신 : 눈앞에 자꾸 나타나서 얼씬거리는 모양
*경경열열 : 슬픔이 복바쳐서 목메어 흐느끼는 모습

할아버지는 이렇게 살았단다

50여년 전 그때
그 시절에는
빡빡머리 단장하고
검정 고무신 신고
책보 메고 등교했지

검정 운동화는
최고의 선물
잠자다 말고
이리저리 만져 보고
좋아서 방안을 걸어 보았지

너나 없이
광목 옷 입고
놀다 보면
허리춤 내려오고
화장실 보기 힘들었지

밥 먹었니
만나는 인사다
보리밥 먹기도 힘든 그때

어느 때는 고구마로
끼니 때웠고
그것마저
없으면 건너 버렸지

생각사로 가슴 저리네
허기진 배 달래려고
물을 먹기도
춥고 배고프면
왜 그리도 서러운지…….

50여년 전 그때
그 시절
내 삶의 뒤자취
세상을 무릅쓰다

할아버지는 이렇게 살았단다.

*뒤자취 : 걸어온 길. 발자취
*무릅쓰다 : 어렵고 고된 일을 그대로 견디어 참다

모골탑

어머니는
늙으신 부모님
모시는 며느리로서
자식 사랑하는 정
레퍼토리
온갖 위험을 무릅쓰고
용감하게 실천하는
그런 사람이 되거라 한다

남편의 월수입 적어
일도 많고
어려움도 많았으나
뜻대로 되지 않아
힘겹게 살았나 보다

이것저것 도우미
자녀들의
대학 등록금 마련을 위한
취업일 뛰어 오르내린다

대장부의 길

여장부의 길
갈 길을 알면 앞서 가라
너희들
마음과 몸이
고된 것을 참고 나아가라 한다

귀가길
어머니는
아치장아치장
기약없는
모골탑의 길
오르막길 걷고 있다.

*모골탑母骨塔 : 나이든 어머니가 힘든 일을 하여 자녀 학비를 댄다

우골탑

장날 우시장에서
사돈을 만난다
한 사돈은 소 팔러 왔고
한 사돈은 소 사러 와서
사돈끼리 사고 팔았다

소 판 사돈은 대학 등록금
마련 때문이었고
소 산 사돈은 길들인 소 샀다

오랜만에 사돈은
군치리집에서
한 잔 두 잔 기울고
담소 나누니
해거름에 거나하다

소 산 사돈은 소등에 타고
이랴 어서 가자
갈 길 재촉 잠들었다

집 들어서자

소 울음소리 듣고
기다렸다는 듯이
아버지
사랑의 맨발
딸은 달려 나왔다

잠깨어 보니
딸의 시집
부녀간의 만남
아비는 히쭉히쭉
딸은 서럽게 울고 있다

아비 건강을 염려하는
딸 마음이 사랑웁다
농부의 신바람은 우골탑이다.

*군치리 : 개고기를 안주로 하여 술을 파는 집
*담소 : 자유로운 분위기로 이야기도 하며 웃기도 하
            고 이야기함
*사랑웁다 : 사랑스럽다
*신바람 : 마음에 바라는 일들이 이루어졌다든지 즐거운 일이 있을 때 사람
            의 마음 속에서 불어오는 바람
*우골탑牛骨塔 : 소 판 돈으로 대학 등록금 댄다

아내의 기원

늘 조석으로
한 마음 가다듬고
불단 앞에 앉아
제목을 하는 거다

전진 · 승리해
광선유포의 길
가고 있는 거다

아내의 화두
세계의 평화
일체중생의 행복을 위하여
기원의 길
가고 있는 거다

아내의 화두
어떤 일이든
사명감 다하는
그 길을 가고자
기원하는 거다

"작용作用하지 않고
꾸며 갖추지 않고
본래 있는 그대로"
수행의 길 가는
그 모습이 아름답다.

*화두 : 이야기의 말머리. 불교에서 오래도록 깊이 있게 생각하며 파고들어
　　　야 할 삶의 명제를 말한다
* "작용하지 않고 꾸며 갖추지 않고 본래 있는 그대로" : 어서 759쪽임

여름지기 하루

아침밥 들고 나니
무더위에 침묵이 흐른다

아내는
부산하게 넌시 날린나
여름지기 힘이 들었는지
심장이 찌그러졌나
심통을 부리기 시작이다

어느새 용모나
자태가 곱고
아름다운 마음씨는
어디에 두고 있으랴

내 삶에서 멀어진
미련 보내고
아직 남아 있는 희망
그 꿈 일구어 보고자 한다

여름지기에
무쇠구두를 신고

길을 걷는 것처럼
고단한 하루해가 저문다.

*무쇠구두 : 무쇠구두를 신고 길을 걷는 것처럼 힘겨운 삶을 비유한 말

탄생

첫 번째 아들로 탄생
옷 입지 않은 채
울고 누워 있음을 나는 본다

삶의 희로애락을
자신의 마음을 본다

뭐가 그리워서
울고 누워 있는 것인가
뭐가 보고파서
웃고 쳐다보고 있는 것인가
뭐가 먹고파서
똥 누고 울며 누워 있다

그저 인간으로 탄생하여
웃고 울고 똥 누고 있는가 보다

먼 훗날
어떤 구실살이
또 다른
내 시대의 탄생을 의미한다.

*구실살이 : 낮은 벼슬살이

딸의 삶

어머니
말씀에 귀담아 듣고
여성답게 조군조군
잘 자라 주었으니
너희들의 모습 아름답다

아버지
구실살이에
이사도 여러 번
깊고 깊은 정
살갑게 좋은
친구와 헤어지는
아픔 너희에게 주었다

어느 날
진로를 물었을 때
놀아도
서울서 놀겠습니다
전공 선택을
잘 하도록 말한 적이 있다

늘 조그만한 일도
어머니
조언 따라서
사막바람 세상
실천에 옮기는
그런 삶에서
좋은 보름달 뜬다

딸들아 사랑한다.

*조군조군 : 사리에 맞게 차근차근. 꼼꼼하게
*구실살이 : 낮은 벼슬살이
*사막바람 세상 : 황량한 세상

숨기척

부모님 숨기척이
살아 있는
그 자리
내가 서 있다

따뜻한 손길
따뜻한 마음
정가로운 말씀을 하시던
그 자리
내가 앉아 있다

내가 떠난 후
그 자리
자식이 서 있다

사랑은 함께 하는 거
기쁨도 함께 하는 거
손잡고 함께 가는 거

내 자식이 떠난 후

그 자리
남겨진 정여울로.

*숨기척 · 숨을 쉬는 것을 곁에서 알 만한 자취. 숨 쉬는 기척
*정가로운 : 맑고 정다운
*정여울 : 정이 감돌아 넘치는 모습

상처

냇물 옆 논 할퀴고 간 상처
여름철 성난 폭우로
뚝방 간 곳이 없고
벼는
모래 이불 덮고 누워 잠잔다

불처럼 무서운 것
물이라 하더니
여름철 성난 폭우로
할퀴고 간 상처 애저러워라

논에서 개구리 울고
뜸부기 새 울던
그 자리는 간 곳이 없고
공원으로
고운 초록무늬 이불 덮고 있구나.

* 애저러워라 : 애달프고 서러워라.

국수 한 그릇

멸치 국물 우려내서
계란 풀어 넣고
국수 한 그릇 말아
후루룩 후루룩
살아온 세월만큼이나
국수 한 그릇 새삼스럽다

마당 한 가운데
멍석 깔아놓고
둥근상 펼쳐놓고
옹기종기 둘러 앉아
후루룩 후루룩
두런두런 정겨움 나누는
대화 속에서
고향의 향수 우러나온다

부족하다 싶어지면
더 있구먼 그려
양푼에는 국물 그득
소쿠리에는 국수 그득
아수는 어지간히

양 찼는지 새실스럽다
내 고향의 향수 물씬 풍긴다.

       *우러나온다 : 어떤 생각이 마음 속에서 저절로 생겨 나오다. 마음 속 깊은
                 곳에서부터 울려 나오다.
       *아수 : '아우' 의 전라 충청 방언
       *새실스럽다 : 성질이 차분하지 못하고 실없이 수선부리기를 좋아하다.

산이 좋아 산에 오른다

산이 좋아 산에 오른다
산새들은 노래 부르고
벌 나비는 나를 반긴다

사계절 꽃이 피는
내 고향 산천
늘 포르므레한 빛으로
나를 정답게 품겨준다

정글디정근의 정나미
늘 샘물 솟아나듯 한다

덥고 습기 차서
답답한 느낌이 드는 날
흐르는 물
한 모금 마시고
찌든 내 손 물 적신다

산이 좋아 산에 오른다.

*포르므레한 : 연둣빛으로 빛나는 모습
*품겨준다 : 품에 안겨 준다
*정글디정근 : 깊고 깊은
*정나미 : '정情'의 속어. 사물에 대하
　　　여 애착을 느끼는 정

암탉

모이 찾아 삼만 리
마당을 구석구석 휘젓고
풀도 뜯어먹고
벌레도 잡아먹고
지렁이도 잡아먹고
이리 저리 다니더니
암탉이 꽁지 빠지게 달린다

알 낳을 자리로 달려간다
똥구멍이 벌렁벌렁
몸도 들썩들썩거리더니
알 쑥 하나 낳고
꼭구댁 꼭구댁 울어댄다

한 알 두 알 모아져
알 품을 때가 되면
암탉은 둥지에서
떠나지 않고 품고 있다

이십일일 지나
껍질을 깨고

삐약 삐약
병아리 떼 봄나들이 간다.

색깔

만산만야 어디서나
푸새 보았던 그 색깔이다

철책선 넘어 산야
벌거숭이 황토 색깔이다

나는 막걸리 한 잔에
얼굴 붉으락푸르락거린다

나름의 색깔 있으되
또 다른 색깔을 찾는다.

    *푸새 : 산과 들에 저절로 나서 자란 풀의 통칭
    *철책선 넘어 산야 : 북한 산 황토 색깔

짝짓기

눈길이 서로
멈춰 서고
암탉은 골골
구혼의 소리를 낸다

알겼다
욕정이 오른
암탉 한 마리
가는 길 따라서 간다

알아차린
장닭은 숫기 없이
알짱알짱거린다

주판지세로구나

주파수 통했는지
날갯짓에 한 번 울고
알랑방귀 뀐다

닭들은 알기살기

하냥 무리를 이룬다.

*알겯다 : 암탉이 발정할 때 알을 배기 위하여 수탉을 부르느라고 골골 소리
　　　　를 낸다
*주판지세 : 사람의 힘으로는 어찌할 도리가 없이 되어 가는 대로 맡겨 둘
　　　　수밖에 없는 형세
*알랑방귀 : 알랑거리며 아첨을 떠는 짓
*알기살기 : 이리저리 뒤섞여 얽힌 모양
*하냥 : 늘상, 언제나 같은 모습

작두

울녕줄녕 달린
나뭇잎은
홀태로 훑어 버린다

온 누리의
온갖 곡식들을
오지게
우주의 벌거숭이처럼
작두로 베어 버린다

혹세무민을 버리고
우주인생을
작두로 베어 버린다.

*울녕줄녕 : '주렁주렁' 의 시적 표현
*우주의 벌거숭이 : 태어난 원래 그대로의 모습
*혹세무민 : 세상 사람을 미혹시키고 속임
*우주인생 : 우주가 어우러져 만들어낸 생명

황금의 물결

논밭에서
메뚜기 폴딱폴딱
여기저기 뛰고

논밭에서
뜸부 뜸부 뜸부기 새
애달피 울고

논밭에서
벼이삭 나와 꽃이 피고
열매 맺고

바람에 이레착 저레착
이쳐대다 떠나는
황금의 물결이어라.

그날

그대와 나는
대전역두 앞에서 본
그대는 꽃송이 같아서라

스릴 있는 영화 보고
무기력한 삶의 처지
서로가 위안을 받을 수 있었다

밤이슬 맞으며
나눈 대화는 무르익었고
마냥 우리는 걸었다
깊은 밤이면
때로는 문득 떠오르는 그날

그렇게 짧은 만남
두 번 다시는 오지 않는 것을
난 왜 그날
무궁불꽃 인양
기억을 붙잡고 살고 있는지

소쿠리에 물 붓는 것처럼

허무를 채운단 말인고
그날이 오늘 같은 날이구나.

　＊역두 : 역의 앞. 역전
　＊무궁불꽃 : 영원한 불꽃
　＊허무 : 마음 속이 비고 아무 생각도 없음

제2부 닭의 삶

닭의 삶

나는 닭의 삶에서
교훈을 찾는다

일찍 자고
일찍 일어나는
습관이 있다

우리 몸의 성장 노화방지
강화효과는
코르티솔과 멜라토닌이라는
호르몬
잠잘 때 생성된다

한 번에 많이 먹지 않고
진종일 벌레나
낟알을 찾아
조금씩 먹는다

비만을 예방하는
좋은 식습관이며
먹이 찾아 운동한다

나는 닭의 삶에서
건강비결의 교훈을 찾는다.

    *우리나라 사람 평균수면 시간 1999년 7시간 47분, 2004년 6시간 30분으로
    급감. 수면부족에 시달리는 셈임. 한국인은 올빼미족, 68%가 12시
    이후에 잠을 잔다. 세계 3위

철마는 달리고 싶다

한민족 동맥의 핏줄
가로막혔던 것
뻥 뚫려 뜨거운 피가 흐른다

통일의 염원 싣고 열차는
56년 만에 감동의 눈물 싣고
경의선 열차는
문산역을 출발하여 개성역으로
명실상부한
혈맥을 뚫고 떠나간다

남북을 오고가는
운행열차
한반도 경제가 열리고
평화가 열리는
새로운 희망의 성과다

문산역 곳곳에
한반도기와 '반갑습니다'
희망의 깃발
떠돌이 바람으로

못 다한 말을 휘날리는 거다

빗장 푼 북쪽 땅으로
육해공로 모두 뚫려
한반도 평화의 첫걸음
분단의 벽을 넘어선다

한반도 종단철도
중국으로
러시아로
유럽으로
희망의 꿈을 싣고
철마는 달리고 싶다.

*2007년 5월 17일 경의선 · 동해선 열차 시험운행
*명실상부 : 명실이 서로 부합함. 이름과 실상이 꼭 맞음

손수건

보문사 가는 길
외포리 선착장에서
카페리호 배 타고
삼산면 매음리 가노라면
배 따라 갈매기 떼
호행하듯이 모여
무리춤판 벌어진다

새우깡 들고 서 있노라
먹이 사냥에
혼신 다하는
갈매기 다툼에 소리친다

강한 자만이
쏜살같이 오는 거지
호화롭지는 못하나
호흡운동하고
또다시 도전한다
나는 껄껄껄 웃는다

이마에 똥 싸자

손수건 건네주던
당신의 정겨움이어라.

경의선 기차

경의선 객석 안
노란 병아리들의 걸음
배자운 모양이다

별빛 수정 마음늘
소란스러움에
보모는 주의시키나
조잘조잘
나들이에 북새질이다

봄의 한창철
우주인생으로
떠나는 여행길
객석은 붐빈다

칸칸마다
옹기종기
바닥에 앉아
임진강 고고저운
들뜬 마음에 따보시럽구나

땡땡이 바람 불지 않으니
때때구름 보며
추억거리 만들러 함께 가자.

*배자운 : 힘겨운
*별빛 수정 마음 : 맑고 투명한 마음씨를 별과 수정에 비유한 말
*고고저운 : '보고 싶은' 의 시적 표현
*따보시럽구나 : 떠들썩 부산스럽구나
*땡땡이 바람 : 종소리가 나는 것처럼 거세게 부는 바람
*때때구름 : 예쁜 모습의 구름

요지경

세상은 이런 저런
요지경으로 가득 차 있다

버스운수업 궐기시위
철도파업 궐기시위
시민의 발 묶어 놓는 거

은행매각 과정에서 불법
화물연대 집단 운송거부
궐기시위 며칠째인가?

정·관계 뇌물로비 불법
한·미 자유무역협정
3차 반대 불법 궐기시위

1인당 국민소득
2만 달러 돌파하는
우리의 국력
1일 13억 국고 손실

국가의 틀

흔들어 놓는 일
더 없는 날
왔으면 참 좋은 것을.

*조선일보, 2006. 11. 24(금) 1면, 매일 30건, 7천명 거리로 시위 막는 데만
하루 13억 비용

풍산리

조국의 부름 받고
너와 나
나라 지킴이로 간다

시시 때때로
훈련하고
병기 점검하고
작업장에 투입된다

내 눈앞에
북한강 낀
비무장지대
철조망의 일
일일 여삼추였다

체중의 무게만큼
몸에 매고
산 비탈길 오르내린다

온몸에 소금 덮고 간다

북한의 강물은
우리 민족의 한을 담고
도도하게 흐르고
내 젊은 가슴
뜨겁게 타오른다

가다 힘들면
쉼터에서
잠시 쉬었다 가자

아주까리 동백아 열지 마라
아리아리 얼씨구 놀다 가세
강원도 아리랑을 부른다

철조망은 누구도
출입 못하는
선을 긋는다

구만리장천이로다.

*일일 여삼추 : 하루가 삼년 같다는 뜻으
　　　　　로 매우 지루하거나 몹시 애태우
　　　　　는 기다림의 비유
*구만리장천 : 끝없이 높고 먼 하늘
*풍산리 : 강원도 화천군에 있음

배움

우리의 1년은
세계의 10년과 같다
해방 후 반세기가
격동의 연속
사회변화의 속도
그 폭은 대단했다

이메일 주고받는
빠른 속도에 비교하여
느린 책은 더욱 중요하다

우리는 배움의 길이
책 속에 있다고 말한다

동물의 세계에서
강산풍월이며
약육강생의 배움 있다

자신의 정체성
삶의 목표
성찰과 인식을 동반하는 것

사람이 있는 곳
다 배움의 터다.

*강산풍월 : 자연의 아름다운 풍경

늘 좋은 생각

우리는 삶에 늘 좋은 생각을 갖고
자신의 행복을 추구하며 살자

우리는 삶의 적고 많고가 생존에
문제가 될 수 없는 것을 알고 살자

우리는 삶의 목적을 미래지향성 두고
촘촘히 실행하는 그런 사람으로 살자

늘 좋은 생각으로 살자.

*목적 : 실현 또는 도달하려고 하는 목표나 방향. 의지에 의하여 그 실현 욕
　　구되고 행위의 목표로써 행위를 규정하며 방향을 결정짓는 것
*미래지향성 : 미래의 성취를 위해 미래를 구상하고 계획하는, 미래에 대한
　　적극적 자세를 이르는 말
*촘촘히 : 흔들리지 않고 또박또박 걸어가는 모습

내 길을 간다

내 일생에 관계되는
모든 거
하나 둘 쌓인 것
허물고 가는 거다

내 앞으로 다가오는
모든 거
하나 둘 부족한 것
쌓아 놓고 가는 거다

멈출 수 없다
빨리란 말 없는 거
언제나 준비된
내가 되는 거다

낮에는 머리로 걷고
밤에는 누워서
내 길을 걸어가는 거다.

초심

대곡역 주변에
주말 농장의 진풍경
바둑판처럼
소유지 푯말이 즐비하다

대처살이 잠시 벗어나
철에 맞는
채소 심고
아이들과 함께
잡초 뽑고
비료주고
벌레 잡는
그 모습이 아름답다

푸른 들판
삶의 현장체험
얻어지는
지혜를 알려주는 거다

알짜배기 체험
따로 있으랴

아이는 딸음딸음
노력하는구나
부모와 아이 간의
서로 주고 받는 말 속에
아버지 으허허
아이 깔깔 웃는다

마음이 즐겁고
보배처럼
귀한 가르침
땀 흘린 보람
아이 스스로 찾는 거다

떠돌이길
대곡역에서
때로는
초심으로 돌아간다.

*대곡大谷 : 대곡역은 통일을 상징하는 경의선과 만나는 역으로 대곡이라는 명칭
　　　　 은 인근의 마을 명칭인 대장동의 대자와 내곡동의 곡자를 합친 명칭이다
*대처살이 : 큰 도시에서 사는 살림살이
*푸른 들판 : 자유롭고 평등한 세상을 상징한 말
*딸음 : 열심히 뒤따라가는 모습의 의태어　　　 *떠돌이길 : 떠나는 여행 길

도전

내게 있어 세상은
모두가 도전이다

이 세상의 숙명인 것을
몸도 마음도 힘들다

포기하려 든다면
무슨 재미가 있으랴

도전이 끝나면
성취감, 환희가 온다

또 다른 가지각색으로
도전이 도사리고 있다

도전이 있으므로
늘 새로운 희망이 존재한다.

은행나무

청춘의 남녀는
애정의 징표로
은행나무 씨앗을
서로가 주고받고 했단다

수컷 암컷이
서로 마주보고
생긋 웃으며
알듯 모를 듯이
사랑을 속삭인다

늘 조용하고
편안한 모습으로
아승지겁阿僧祇劫이다

천년의 사랑
가슴에 품고 서 있다.

*아승지겁 : 년월일이나 어떤 시간 단위로도 계산할 수 없는 무한히 멀고 오
랜 시간
*파평중학교 교목은 은행나무이다. 어느 환경에서도 잘 자라고 건강과 화
목함을 기원하면서 나는 학교장으로서 재직하면서 은행나무에 대
한 관심을 잠시나마 가져 본다

서민의 마음

어머니
등에 메는 걸망에
아기 업고
보따리 들기
힘이 부치는지 숨 몰아쉰다

땀방울을 흘린다

아동복 전문점에서
자녀의 의복
몇 가지 샀던 모양이다

헐한 옷 어디 있으랴
할인매장 찾았던 것이다

일이년 지나면
작아 입지 못하는 아기 옷이다

선진국에서 아동복
부가가치세 없어 싸다

우리나라의 옷값
삼사배 비싼 것이다

대선의 주자는
이런 분야에
관심을 두어야 할
그 시기가 온 것이다

눈이 있으면 보시고
귀가 있으면 듣고
무람없이
작은 관심 속에
민심이 천심이다

서민 품겨주는
대권의 주자가
나오시길
서민의 마음일 거다.

*무람없이 : 스스럼없이. 버릇없이. 하염없이
*품겨주는 : 품에 안겨 준다

우리의 소원

만나면 우리 되니 '우' 와 '리' 는 붙어야 한다.
만나면 소원 되니 '소' 와 '원' 은 붙어야 한다.
만나면 통일 되니 '통' 과 '일' 은 붙어야 한다.
만나면 민족 되니 '민' 과 '족' 은 붙어야 한다.
만나면 사랑 되니 '사' 와 '랑' 은 붙어야 한다.
우리의 소원은 만나면 이루어진다.

마음의 허물

내 마음 속에는
늘 허전한
마음만 있는 거

외로운 마음
그리운 마음
서러운 마음
부정의 마음

마음 속에는
무엇인가 충실한 거
없으니
어쩜 좋을 거나

마음의 허물
떠돌이 바람에
훨훨 날려 보내자.

*허전 : 무엇을 잃은 것처럼 서운한 느낌이 있다
*허물 : 그릇된 실수

말

들기 좋은 말만
가려서 말할 수 있다면
그것 참 좋은 것을
누구인들 그것을 모르랴

말 한 마디 잘못으로
곤경에 빠져드는
그런 것 종종 본다

자기의 위주로 말하고
반사이익을 얻고자
아서라 말어라

말을 하는 이도
기쁨을 줄 수 있으면 좋고
말을 듣는 이도
기쁨을 받을 수 있으면 좋고
누구에게나 간간대소다.

*곤경 : 어렵고 딱한 형편이나 처지. 곤란한 경우. 어려운 고비. 딱한 지경. 난
경
*위주 : 주장으로 삼는 일. 주장이 됨

파평의 응원

우리 면민은 한 마음으로
열띤 응원이 펼쳐진다

각 읍면의 선수단 입장식
기수단의 새겨진 상징은 백말
구호는 제초제를 쓰지 않습니다

앞으로 앞으로 앞만 보고
늘 끝없이 백말은 달릴 것이다

응원단 붉은 셔츠 입고
함성의 소리 공설운동장 넘어서
백말 타고 금마루까지 가는 거
더 높이 뛰어라 더 빨리 달려라

오오! 필승 파평
을사을사 파평
뱃놀이 가자 파평
나비처럼 훨훨 날고
벌처럼 달려가 쏘고
파평의 백말은 달린다

파평면민은 지칠 줄 모른다
응원단의 파도치는 물결은
파평의 붉은 영혼이어라
남녀노소 없이 파평은 하나다.

*2007. 4. 28(토). 파주시 체육대회

염원念願

나는 한 남자로서
나는 한 가정의 지아비로서
나는 한 자녀의 아버지로서
나는 한 교육자로서
나는 한 한국인으로서

나는 역할 다 하고 있는지
내 자신에게
묻고 싶을 때가 있다

늘 애오라지 무엇인가
잊어버린 것 같은
마음으로 삶을 살고 있다

나의 알음알이
염원이 성취되어야 하는 것을.

*지아비 : 웃어른 앞에서 자기의 '남편' 을 낮추어 일컫는 말
*애오라지 : 오직. 오로지. 한갓
*알음알이 : 알고 있는 지식이나 내용

황포돛배

임진강 물결은 유유히 흐르는
황포돛배 타고 만남인 거

호로고루성은 고구려말
성이나 곡을 뜻하는 거

괘암 절벽 바위에 새겨져
글 선명하게 남아 있는 거

고랑포 여울목 수심이 낮은
무장공비 침투지역인 거

8경 으뜸 붉은 수직 절벽의
장관을 가까이서 보는 거

날아가는 서쪽 새야
자유의 여신아 사신아
누가 내 조국 나누어 놓았을고.

*황포돛배 : 경기도 파주시 적성면 두지리 선착장
*괘암 : 조선 후기 문신이었으며 '진서체'의 동방 제1인자로 꼽히고 있는
　　　미수 허목 선생의 친필로 추정되는 서체가 장좌리 임진강 절벽 바위
　　　에 새겨져 있는 것이 발견됐다. 약 20m 절벽중간에 '괘암'과 허목
　　　선생의 호인 '미수'가 선명하게 새겨져 있다.

다짐

예야 건강하고
최선 다 하는
그런 사람이 되어야 한다

마음의 상처가 있어도
태연스럽게 다가서는
그런 사람이 되어야 한다

가정 먼저 지키고
남을 배려하는 마음
그런 사람이 되어야 한다

무엇이나 관심과 애정 갖고
일하려는 마음
그런 사람이 되어야 한다.

수첩

내 수첩에는 빼곡하다
월중행사 계획표
다 나온 거다

어떤 일은 전錢을 투입하고
깊은 지식을 동원하며
전문가의 조언을 받아
때로는 공사 감독도 해야 하는 거다

어떤 일은 동료의 힘으로
간단명료하게 해결할 수 있으니
간부 협의회에서 결정하는 거다

지나친 장난으로
다친 학생 더러는 있어
이런 일 해결이 어려운 거다

학부모님의 힘이나
사회인의 힘을 빌려서
문젯거리를 해결하는 거다

결손 가정이 더러 있고
외·조부모님 부양할시
봉사단체장과 사회복지자
만나 협조를 구하는 거다

능력이 따로 있으랴

학생과 직원의 복지
문젯거리 해결하고
관심과 애정으로 행하는
그런 사람이라는 거다

어느 누구도
무훼무예가 없어도
보람에 살고 있는 거다.

*무훼무예 : 훼방도 없고 칭찬도 없음

오늘

오늘이 있기에
삶의 보람을 찾는 거다

오늘 만남이 있어
유정이 생기고
온정이 솟아나는 거다

온고지신의 삶
그 생활 속에
지극한 사랑이 싹튼다
우리의 추억 있는 거다

언제나
흔들리지 않고
꿈 이루어지는 것
어디 있으랴

미리 보는 오늘
글로벌 시대
빠른 변화 오고 또 온다
오늘 만남은

오래 가지 못하는 거다

유리시시의 세상사
오늘 온축蘊蓄을 쌓는
보람 있게 잘 살아 보는 거다.

*온고지신 : 옛 것을 익히고 새것을 안다는 말
*유리시시 : 의리의 유무는 묻지 않고 다만 이해관계에만 관심을 갖는 것
*온축 : 학문과 지식을 깊이 체득함

제3부 황금 돼지의 해 봄

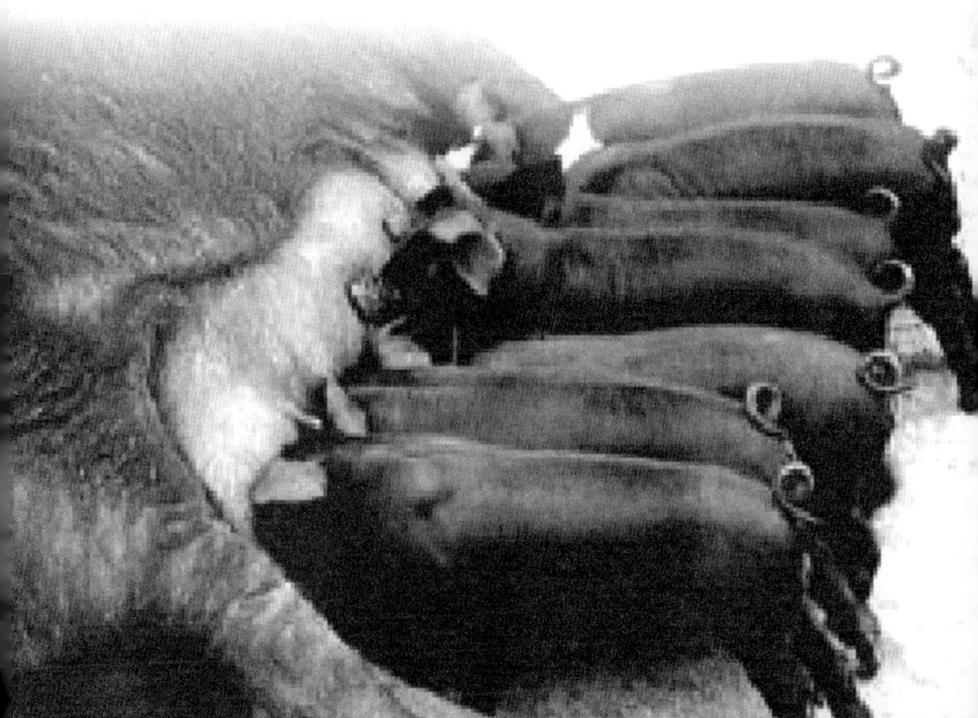

황금 돼지의 해 봄

60년 만에 찾아온
황금 돼지의 해 봄
기온이 평년보다 높았다

우순풍조의 봄
우멍구멍
따뜻한 햇볕 속에
새싹이 움트는 우수雨水가 왔다

우수가 오니 비는
온 산 천지에 희망을 적신다

여름지기
우무락대기에 불 놓고
논밭에 석회비료 뿌리고
두엄더미 내고
객토 들이기 한참 드바쁘다

변화하는 자연
때에 따라
안개의 강물이다

황사는 내 길을 막고 서 있다

야산
활짝 꽃이 핀
매화나무 밑에
끼리끼리
나들이 즐기고 있다.

*우순풍조 : 비가 때맞추어 알맞게 내리고 바람이 고르게 부는 모습
*우멍구멍 : '온 산에 들에 가득히' 란 뜻의 의태어
*우무락대기 : 검불이나 지푸라기 따위

내 삶의 길

내 삶의 길에는
토사구팽은
없는 거다

가다가 가다가
아무리 힘겹고
어려움이 있어도
내 갈 길 가는 거다

잠시 쉬어
가는 일은 있어도
가다가 포기하는 일
없는 거다

재충전하여
다시 가는 거다
내 주변에 어련
타마구가 있을지라도
내 삶의 길을 가는 거다.

*토사구팽 : 요긴한 때는 소중히 여기다가
　　　　도 쓸모가 없게 되면 천대하고 쉽
　　　　게 버림을 비유한 말
*어련 : '어려운' 의 시적 표현
*타마구 : 몹시 더럽고 지저분한

기다림

누구에게나
소지품 챙기듯이
휴대 전화기
소지하고 나들이다

어느 때
어느 장소
따로 있으랴
지기지우知己之友의 만남
기다림에 지루함을 모른다

누구에게
전화한다든지
메시지 온 것은
있는지 찾아본다

엔터테인먼트 찾아
뮤직 박스에서
신나는 멜로디 듣는다

사진 촬영해 둔 것을

보노라면
어느 새
지기지우의 만남이다.

*지기지우 : 자기의 속마음을 알아주는 참되고 진정한 벗

욕망

우리에게는
욕망이 있기에
계획하고
실천을 하고자
고민하고
늘 노력하는 것이다

돈을 벌고
명예 얻고
지위 얻고
부족한 것 채우고 있다

욕망이 있으므로
세상 살맛이 나고
또 다른
욕망을 부른다.

억이 뭐길래

억이 뭐길래
추남도 미남으로
잘못된 것도
올바른 것으로
치부하는 세상사다

늙고 병든 인생도
더 젊은 인생으로
만들 수 있는 세상사다

큰 소리는 치지만
먹고 사는 생계에 빠져
방울소리가 나게
앞만 보고
달려가는 모습들이다

억이 뭐길래
만물은 모두 공空이며
하나도 실實은 없다는 진리다

저마다 공재空財는 없으니

세상 사람들이 괴괴타 한다

욕계삼욕도 아니다
용감무쌍하게
꿈 도전의 연속이다

모오오오두
앉으나 서나
억 억 하는지
늘 먹구름만이
끼어 있는 것이다.

　　*공재 : 노력이나 밑천을 들이지 않고 거저 얻은 재물
　　*괴괴타 : 으시시 무섭다
　　*욕계삼욕도 : 식욕. 수면욕. 음욕
　　*대학등록금 천만 원의 시대
　　*모오오오두 : '모두'를 강조한 말

만남의 여정

한밭 땅 여름날
오후 한껏 지나
만남의 여정
애자시고 애저러워라

애희의 새싹이 움트고
비온 땅이 굳어지듯이
너로 애타심을 배운다

칼국수 집에서
오빠는 두 그릇
거뜬히 먹는다고
챙기던 그 미소
애환 얼굴엔
천사 따로 있으랴

장래를 위하여
사랑상자가 있어도
한계를 지키자 한다

장래의 직업관은

정치가인가
훈장인가 글쎄
더 깊고 깊은
만남의 여정 속에 잠긴다.

*여정 : 마음 속 깊이 잊히지 않고 남아 있는 정이나 생각
*애자시고 : '애쓰며' 의 높임말
*애저러워라 : 애달프고 서러워라
*애희 : 사랑하는 여자. 총애하는 계집
*애타심 : 자기보다 남을 위하고 사랑하는 마음
*애환 : 슬픔과 기쁨. 비애와 환희

해방둥이 잘 모른다

한일수호조약 나는 잘 모른다

구한말의 개혁가 시대의 상
말도 많았던 것 나는 잘 모른다

8.15 광복절 일본으로부터
숙원의 해방 나는 잘 모른다

6.25전쟁 때 어미의 손잡고
피난살이 가던 것 나는 잘 모른다

4.19 혁명으로 젊은 희생자
원혼 달례길을 나는 잘 모른다

5.16 군사 혁명공약 잘 외우면
휴가가고 제대 때 확인 나는 잘 모른다

휴가나 제대할 때 국민교육헌장
잘 외우는지 시키는 것 나는 잘 모른다

비무장지대에서 적진을 바라다보며

밤새워 보초서던 그때를 잘 모른다

5.18 광주 민주화운동으로 희생한
원혼 달래길을 나는 잘 모른다

격동의 연속으로 엄청난 변화
소용돌이 거쳐 온 것 나는 잘 모른다

해방둥이 잘 모른다.

커피 한 잔의 여유

커피 한 잔의 여유
내 속내를 다스리려
내 몸 안으로
평온 속에 찾아 잠긴다

애오라지 너의 미랭
부드러운 향 누리는
공기 속에서 감돌다

더운 온기는
내 몸 깊이 퍼진다

때로는 피곤한 심신을
맑고 깨끗하게 해줍니다

내 갈증을 불러일으키고
채워주는 만남
알음알이 덮고
커피 한 잔의 여유롭다.

*애오라지 : 오직. 오로지. 한갓
*미랭 : 아직 다 식지 않아 미지근함
*알음알이 : 꾀바른 수단. 서로 가까
　　　　이 아는 사람. 자라나는 지혜

내일을 위한 하루

오늘 내일 모레
그저 그렇게
빠져 보는 거야

주먹 불끈 쥐고
다짐하는 거야
희망의 끈 잡고
가슴에 새겨 보는 거야

이제 하는 거야
내 자신의 몸
낮추어 보는 거야

내일을 위한 하루
오늘을 노래하는 거야.

나 홀로 서기

귀공자도 귀녀도
언젠가는
나 홀로 서기
연습을 하는 거다

새벽잠에서 깨어나
삶의 등불을 점화하고
자신의 세상
그 몫을 스스로 찾는 거다

죽어서도 석잔 술인 것을
살아서 석잔 술을 못하랴
빈 술잔에
내 심신心身 채워 보는 거다

오늘도 나는
금마루 산장에서
나 홀로 서기
예행연습을 하는 거다.

*금마루 : 박석고개에서 파평중학교 정문까지의 길

내 팔자려니

결혼하여 부부가
평생을 함께 살고자 하지만
잘 살고
못 살아 가는 것도
내 팔자려니

훌륭한 사람으로
살고자 하지만
잘 되고 못 되는 것도
내 팔자려니

우리의 삶에
행복지수가 있지만
행복하게 살고
못 살아 가는 것도
내 팔자려니

부자 다 원하지만
부자 되고
못 되는 것도
내 팔자려니

건강을 유지하고자
늘 노력하지만
장수를 하고
못 하는 것도
내 팔자려니.

효자손

내 손때가 찌든 너
반질반질 허울도 좋다

내가 하고 싶은 대로
구석구석을 헤집고
넓은 호수를 썩썩 긁는다

늘 잠깨어 있어 좋은 거다

허투도 없다
헛심도 없다
내 마음대로 움직인다

늘 하나 같이
허접시샘도 없이
효자손 내 곁에 있다.

*허투 : 남을 교묘하게 속이기 위하여 꾸미는 겉치레
*헛심 : 보람 없이 써지는 힘
*허접시샘 : 쓸 데 없는 시새움

빈손

내가 찾은 것은 무엇인가
내게 남은 것은 무엇인가

오늘도 무엇인가
잊어버리고 왔어라
내일도 무엇인가
찾기 위하여 살아갈 텐가

앞만 보고 살아온 나
어느 날인가
거울을 보니
그물얼굴엔
허물어진 담장 같구나

근심산 불태운 흔적
머리 헤어진
내 모습에 울정
빈손으로 그은다.

*그물얼굴 : 고생을 해서 주름이 많이 생긴 얼굴을 비유한 표현
*근심산 : 근심이 많고 많아서 산과 같음을 비유한 말
*울정 : 울적한 심정
*그은다 : 서서히 잠긴다. 가물가물 사라지다

허영

내게도 분명히 있는 것
허영주머니가 있을 게다

비워 보아도 채워지는
내 마음에 겉치레 벗는다

술병을 비워 보듯이
술잔에 가득 채워 본다

취기 오르니 내 마음도
다 부질 없는 세상인 걸 안다

고마울 줄이야 미처 몰랐네
자연은 허영심 없어 참 좋다.

야경

덕수궁에 가면
고궁의 야경을 만난다

소꿉놀이 친구 만나
어린 시절의 삶
넘겨온 고비
나누어 보노라면
야경 속에
얼굴 붉어진다

은은한 조명 아래서
담장 너머 빌딩 숲
반짝 반짝
오고가는
남흔여열이다

야경을 바라보는
여낙낙
그 맛도 괜찮다.

*남흔여열男欣女悅 : 부부가 화락함
*여낙낙 : 여유 있고 넉넉한 모습

청명

청사의 언덕배기
이웃사촌 같은
개나리 꽃
화림 속에서
활짝 웃고 서 있다

파주벌 벌판에는
봄나물이 여기저기
지천으로 널려 있다

청사의 화단에는
백목련의 꽃 몽오리
앵두가슴
톡 터질 것만 같다

동남풍이 불고 있다
이렇게 좋은 날
서라벌 벌판에는
벚꽃 축제가 한참이다
도시락 들고
아이 손잡고

나들이에 북새질이다

해춘의 봄날
때 아닌
태백산 고산지에는
눈꽃의 축제이다

화조풍월花鳥風月이요
화천월지花天月地니라

온 누리 꽃이 피고
지지배배 지지배배
여기저기 기웃거리며
평화롭게 노닐고 있다

다 아름다운
금수강산 화원이어라.

* 앵두가슴 : 처녀의 예쁘고 달뜬 가슴

떼바람

떼바람이 불어온다
창문 두드리는 소리
덜커덩 덜커덩
봄이 오는 소리가 들려온다

안개는 내 주변을
맴돌아 아롱거린다
먹그믐밤처럼
내 눈은 거시시하다

목련 꽃은 수지운 듯
목례하고는 아리땁다

사람물결 속에
북새질이던
거리는 한산하다
떼바람이 불어온다.

*아롱거린다 : 또렷하지 않고 흐릿하게 아른거리다
*먹그믐밤 : 달이 없는 그믐밤의 어두움을 강조한 시어. 시련이나 역경을 상징
*거시시하다 : 눈이 맑지 아니하고 침침하다
*수지운 : '수줍은'의 시적 표현   *목례 : 눈짓으로 가볍게 하는 인사
*아리땁다 : 마음씨가 몸가짐이 썩 사랑스럽고 아름답다

지하여행

버스 타고 지하상가 걷고
지하 다방에서
커피 마시고
대화행 지하철 타고 선다

경의선 기차 타고
임진강으로 달려간다
두더지처럼
오늘도 지하여행한다

내게 묻는다
마음에 곳간을 바로
채우고 옮기는
그날이 되었으면
참 좋으련만…….

엘리베이터 타고
역두를 빠져 나오니
어느 지성
현세를 고별하고
내세로 지하여행 떠났다.

토끼풀 한 잎

토끼풀 잎 꼭지 하나
네 잎사귀가
내 시집 책갈피로 있다

산고의 고통을
어루만지듯이
속 타버렸나 누렇게
코딩된 상태로 있다

내 마음 속 구석구석
훤히 들쳐보고
만져도 보고 있다

무언의 말로
내게 행운을 가져다주리라.

고독

연초 한 대로 시름살
내 삶의 번뇌망상 털고 있다

논배미 앉아 먹을거리
챙기고 놀던 기러기 날아간다

아쉬움 남긴 채

누구에게도 방해 받고
싶지 않은 소중한 시간이다

흐르는 임진강물
사이로 고독이 흐릅니다

삶을 물로 시친 듯
거울 쳐다보고 있다

이제 내 행복을 위해
짐을 내려놓고 싶어진다.

*시름살 : 근심이나 걱정이 많은
*번뇌망상 : 몸이나 마음을 괴롭히는 헛된 망상

나 혼자만이 산장

산장의 텃밭에서
애자시고 가꾼
채소로 둥근 상 차려본다

늘 내 옆에 함께 있던
아이들 애살스러워 했다
고사리 손길 아르대여라

나 혼자만이 산장에서
상 차려놓고
세상 엿보기
텔레비전 채널을 돌려본다

순리의 세상은 간곳이 없고
세상은 온통 모순 덩어리
똘똘 뭉쳐 얼룩져 가니
어쩌면 좋을 거나
애저러워진다.

*애자시고 : '애쓰며' 의 높임말
*애살스러워 : 애교가 있고 상냥스러워
*아르대여라 : 눈앞이 어른거리다
*애저러워 : 애달프고 서러워라

파평의 산장 하루

고노리가 자라 밤마다
내 턱밑에서 울어댄다

새벽녘 잠깨어 보면
탱크와 군용차 행진한다

내게 있는 욕계삼욕을
모오오오두 거두어 간다

내가 가는 길
훼방도 없고
정가로운 칭찬도 없다

그저 다람쥐는 노닐다 간다.

*고노리 : '올챙이' 의 제주 방언
*욕계삼욕 : 식욕, 수면욕, 음욕
*모오오오두 : '모두' 를 강조한 말
*논과 내 방과 거리 불과 3m 정도이다

나그네

기차표 한 장에
잠시 갇혀
머물다 떠나가는 길

기차는 덜컹덜컹 가고
창밖의 풍경
내 앞으로
다가오고 있다

와보니
낯설기만 하다
아하, 타향이구나!

산장은 누구도
드나들지 않는다
뻐꾹 뻐꾹
뻐꾹새 울고
떠나가는 나그네.

*아하 : 미처 생각지 못했던 일을 뜻밖에 깨달아 느낄 때에 나오는 소리

제4부 나제통문

나제통문 羅濟通門

삼국시대 신라와 백제가
국경을 이루던 곳이다

가로지른 작은 산 능선을
경계선 긋고
동쪽은 신라 땅이고
서쪽은 백제 땅이었다

석모산石帽山
기암절벽을 뚫고
다리를 놓고
넘나들던 관문
나제통문이라 이름했다

나제통문을 경계로
언어와 풍습이
서로가 다르고
경상도 사투리
전라도 사투리가
오손도손 정
주고받는 이웃사촌

잘 어우러지는 곳이다

구천동 첫 경지이자
33경의 하나
인공동굴로
무주구천동茂朱九千洞 입구
덕유산德裕山국립공원
경역境域에 들어 있다

나제통문만이
간직한 신비
투박스러우나
정으로 쪼아놓은
울퉁불퉁한
그 솜씨
그대로 보존의 아름다움이다.

* 경상도(무풍면) 말과 전라도(설천면) 말을 쓰지만 행정구역은 전라북도 무
　　주군에 속한다
* 나제통문 : 전라북도 무주군 설천면 소천리에 있음

남한산성

성남에서 하늘로
도약하는 산길
꼬불꼬불 52의 고개
남한산성으로 가는 길이다

우리 민족의 역사
기상이 살아 숨쉬고 있다

백제 시조 온조왕은
도읍지로 삼아
창건한
유서 깊은 곳이다

삼국시대
한강유역을 차지함으로
패권을 얻기 위한 군사 요충지였다

인조는 남한산성에서
청나라 군대에 둘러싸여
47일간
처절한 항쟁을 하였다

이 성벽 위로 몰아치는
풍운대수風雲大水 속에
고추바람
영하의 곤두박질친
몸 추스름이다

잠과 죽음의
공포를 억누르고
적과 싸운 흔적이
살아 숨쉬고 있다

외성은 내성을 호위하듯이
산봉우리로 연결해 쌓은
지혜 아름다웁다

적에 의해 함락된 적이 없다

우리 민족의 역사 속에
불사영생을 기원한다

조상의 얼
우리는 다시 한 번 새겨보자.

우리는 다시 한 번 새겨보자.

*풍운대수 : 바람이 몹시 불고 비가 많이 옴
*고추바람 · 겨울철 몹시 추운 날에 부는 차가운 삭풍을 고추바람 또는 칼바
　　　　람이라고 함
*추스름 : 심신을 가다듬는 일
*백제 온조왕 13년에 쌓고 남한산성이라 했다
*불사영생 : 죽지 아니하고 영원토록 삶
*368년 전 병자호란 인조, 토지박물관에서 측량 전체 둘레가 12.335km로
　　　　밝혀짐

한 폭의 수채화

삼나무 숲 오솔길 따라
자연 속에 펼쳐진
보성 다원의 아름다움
초록 물결이어라

구불구불 이어진
굵은 곡선을 그려낸
짙푸른 다원이어라

우전차 좋은 거
맛과 향기 그윽하다

다원은 안개바다
아침 햇빛 속에 피고 지니
한 폭의 수채화다.

*다원 : 차나무 밭
*우전차 : 4월 20일 이전 채취한 찻잎

백연리의 재두루미

세상 어디나 볼 수 없는 그곳
우리 땅에만 있는
파주시 군내면 백연리
그 곳 민통선 지역이다

신바람 황금 물결치는
가을 새옷 갈아입고
서 있노라면
백연리의 민통선
부부 금실이 좋고
자태가 아름다운
철새의 손님 찾아온다

앞이 탁 트
갯벌이나 초습지에
둥지 틀고
2개의 알을 낳으며
장수와 평화의 상징인
재두루미는
암수가 번갈아 알을 품는다

긴 목 S자 형으로
굽히고 경계하며
먹을거리 찾아 노닐고
가족의 무리를 지어 산다

한쪽 다리로 쉬되
머리는 목 굽혀
등의 깃에 파묻고 잠잔다

내려앉기 전에
위험을 확인하고
착륙지점을 선회 비행한다

이착륙의 동작이 크고
얼굴은 나출裸出 되어 붉고
머리에서 목에 걸쳐 희며

회흑색灰黑色의 몸 빛깔
다리는 암적색暗赤色으로
들판에 내려앉는
그 모습

우아하기 그지없이 아름답다

비행할 때는
날개를 절반 정도 벌리고
몇 걸음 뛰어 가며
활주하며 떠오른다

무리지어 날 때에는
V자형의 대열이 아름답다.

*경기도 파주시 군내면 백연리 민통선 재두루미 서식처 천연기념물 203호
*재두루미는 사방 20km이내 접근을 허락하지 않을 정도로 민감

검룡소

금대봉 기슭에 위치한
검룡소의 신비로움
지하수가 용출된다

눈과 설경이 덮인 사이로
물길 따라 수만리
자연이 살아 숨쉰다

검룡소 냇물은 돌과 숲
비집고 흐르는 물
졸졸 노래 부르며
드넓은 한강수로 흐른다

검룡소의 정기
끝없이 솟구쳐라
서울 시민의 젖줄로
변치 않는
한강물의 희망이다.

*검룡소 : 태백시 금대봉 검룡소는 한강의 발원지

한강

서울 시민의 젖줄로
도심 속을 가로 지른다

무덥던 여름날
해거름에는
무릎치기 입고
몽당치마 입고
한강변으로 모여든다

비록 무림은 없지만
지우知友는 강변에 누워
밤잠을 자고자 설친다

서울 시민에게는
추억의 장소이며
희망과 꿈을 싣고
변함없이
한강수는 흐른다

한강은 내 꿈을 키워주었다.

*지우 : 서로 마음이 통하고 친하
　　　여 잘 아는 벗
*무림 : 나무가 우거진 숲

임진강 물

파평산 올라보니
임진강변의 산수
감흥 일깨움에
콧노래를 부른다

강물은 여울져
흐르지도 않고
잠자는 아기 모습처럼
잔조롭게만 하다

강물에 꽃잎이
둥실둥실 떠돌아다닌다
여릿여릿 찾아드는
봄 기운을 북돋운다

명주실 바람 안고
산길을 걷노라면
차갑던 몸 데워져
마음의 부자가 된다.

안면도 백사장

온 세상
붉게 물들인 노을
이글이글 타오르는
여명의 핏물이어라

뽀얀 얼굴들
낮은 구릉이
연속되어 있고
사빈砂濱의 땅
해안사구海岸砂丘로구나

안면도의 침향
뉘기도 밟지 않은 것
출렁거리는 물결 속에
할미 바위
할아비 바위
믿음직하고 사랑스러움
천만년의 사랑을 보며
뉘엿뉘엿 걷고 있다

안면송의 오솔길

침침칠야
뉘기를 보낸
서러움인지
뽀얀 얼굴에
횟집의 불빛 밝힌 누리다.

*구릉 : 비교적 완만한 경사면으로 되어 있는 저산성의 산지
*사빈 : 모래가 깔린 바닷가의 땅
*해안사구 : 해안에서 해류 또는 한류로 인하여 옮겨진 모래가 파도에 의해
　　　　　육지로 밀려 올라온 후 탁월풍의 작용으로 겹쳐 쌓여져 이루어진 둑
　　　　　모양의 작은 언덕
*뉘엿뉘엿 : 느릿느릿 하염없이
*침침칠야 : 깊고 깊은 어둔 밤
*뉘기 : '다른 사람' 이라는 뜻의 방언

나로도 유람

자연을 그대로
품고 있는 나로도
내가 쉬고 싶을 때
네가 보고 싶어지니라

곡두여 절벽
카멜레온 바위
사자 바위
흔들 바위
부채 바위
부처님 바위이어라

산과 바다가
어우러진 풍광
나로도의 품이어라

나로도의 섬
자연의 신비
해양의 절경이어라

아름다운 섬
나로도 아리랑이어라.

황태 덕장

황태 덕장에서는
명태가 주렁주렁 매달렸다

고추바람에
명태를 얼렸다
녹이기를 반복하는
한 계절 만들어진다

비보라 속에서
눈보라 속에서
영하의 곤두박질친다

고추바람에
비릿비릿 뿜어내는
명태 살 속을 파고들던
나날들이 황태를 만든다.

*비보라 : 바람에 날리며 내리는 세찬 비
*비릿비릿 : 비린 냄새를 동적인 모습으로 표현한 말
*고추바람 : 겨울철 몹시 추운 날에 부는 차가운 삭풍을 고추바람 또는 칼바
　　　　람이라고 함

꽃바람

운계폭포 뻐꾹 뻐꾹새 울고
피나무 꽃 백옥 같아서라

세계평화 새겨져 있다
더 멋진 말 어디 있으랴

동출서유제일약수
표주박 한 잔 꿀물 같아라

신록의 계절 꽃피는
감악산 산들바람 불어라.

*꽃바람 : 봄철 무렵 부는 바람, 따뜻하고 부드럽게 바람을 미화한 말
*산들바람 : 산들산들 보드랍게 부는 바람
*동출서유제일약수東出西流第一藥水
*표주박 : 조롱박이나 둥근 박을 절반으로 쪼개어 만든 작은 바가지

비

어슴푸레지더니
비가 오고 있다

여름지이
어여삐 여겨
새싹 틔우는
비가 오고 있다

비가 촉촉이 내리니
도란도란 이야기꽃
피울 짬짬이도 없이
무진장 바빠진다

백곡이 윤갈나게
천지운기의
채찍비가 오고 있다.

*어슴푸레 : 약간 어둡고 흐릿한 모양
*여름지이 : 농사짓기
*백곡 : 모든 곡식
*천지운기 : 하늘과 땅의 모든 기운
*채찍비 : 채찍을 내리치듯이 굵고 세차게 쏟아져 내리는 비

둥지

둥지 떠났던 철새
앞서거니 뒤서거니
앞 다투어
왁자지껄
와와 모여든다

금파리 논배미
기러기 떼
옹기종기 모여
우비고뇌 없이
한가롭게
노닐고 있다

사랑 상자 속에서
하냥 노닐고 있다

은행나무
우자 날아
이 가지 저 가지
이레착 저레착
새로운 둥지

신접살이 요조하다.

    *우비고뇌 : 근심과 슬픔의 고뇌
    *사랑상자 : 사랑으로 가득찬 상자, 사랑을 상자로 비유한 말
    *하냥 : 늘상, 언제나 같은 모습
    *우자 : 텃새
    *이레착 저레착 : 이리 혼들 저리 혼들 혼들어대는 모습
    *요조하다 : 정숙하고 순결하다

함박눈

한 해 겨울
이제는 추운 날
한 고비 지났다 했더니
한낮이 기울쯤
함박눈은 바람에
나부끼며 내린다

하늘 마음 간곳이 없고
캄캄하더니
끝내 참지 못하고
울분을 터트린다

바람 부는 마을로
하계下界의 눈물 흘린다

오고 가는 행인
흰 모자 쓰고
흰 옷 입었구먼
일기예보
틀리잖아 쫑쫑거린다

아이들은 좋아서
손뼉을 치며 웃는다
강아지는 이리저리 뛰고
꼬리를 흔들어댄다
한타랑으로 북새질이다.

*쫑쫑거린다 : 원망하듯이 군소리로 쫑알거리다
*한타랑으로 : 다 함께

자연

그대 체온으로
비바람 일으키고
새싹이 움트며
푸릇푸릇
초록 무늬 수놓고

그대 체온이 맑고
잔잔할 때
해맑은 미소로
자연 속에 꽃으로 수놓고

그대 체온이 올라갈 때
서민의 육수 송골송골
나오게 재촉해 놓고

그대 체온이 내려갈 때
온 누리에 눈꽃으로 수놓고

자연의 신비라 소리친다.

*해맑 : 얼굴빛이 희고 맑다
*육수 : 땀을 육수로 표현한 말

입춘立春

수여산壽如山 부여해富如海
올해도 바라는 마음이다
아지랑이 피어오르고
내 곁으로 다가오고 있다

꽃바람이 불어오고
땅이 녹고 동면冬眠의 벌레가
꿈틀꿈틀 움직인다

겨우내 움츠렸던 가슴
한껏 기지개 켜 본다

짚둥주리 쌓아 두었던
씨앗은 파란 싹이 튼다

보아라! 덕유산 봉우리
겨울잠에서 깨어나
흰 눈가루를 사뿐 털어낸다.

*수여산 부여해 : 산처럼 장수하고 바다처럼 부유해지기를 바랍니다
*꽃바람 : 봄철 무렵 부는 바람, 따뜻하고 부드럽게 부는 바람을 미화한 말
*동면 : 겨울잠   * 한껏 : 한도에 이르는 데까지. 최대로
*짚둥주리 : 볏짚으로 만든 큰 둥지

경칩

세상은 꽁꽁 얼어붙었다
27년 만에 추운 경칩인 거다

눈과 함께
떼바람 도처 오르는
꽃샘추위 온 나들이
몸 한껏 옴츠리고
버티기 버거운 강울음인 거다

추운 날
근육이나 관절의
유연성 떨어지니
스트레칭을 하는 거다

잠깐 외출시
옷 껴입고
과일 먹고
과음과 과로
스트레스
받지 않는 거다

봄 시샘하듯
더위 잡고서
온몸 훑는
바람매질일 거다.

*떼바람 : 한꺼번에 세게 부는 바람
*도처 오르는 : '돋아 오르는' 이라는 뜻의 강세 표현
*강울음 : 속 깊은 울음을 강물에 비유한 말
*더위 잡고서 : 끌어 잡고서. 힘주어 움켜 잡고서
*바람매질 : 바람이 마구 몰아치는 모습을 매질로 비유한 말

입하立夏

산장의 논배미에서
개구리가 울고
지렁이가 꿈틀댄다
철새는 여기저기 기웃거린다

아내는 볼가심으로
쑥 버무림 부침개 저냐
마련에 분주하구나
나들이 가지 말라 한다

외양간 쳐야 하고
광방 정돈하고
농기구 찾아 챙겨두고
할 일이 많다 한다

출출하다 말하소
잘 드시어야
여름지이 하시니 그러지라.

*볼가심 : 적은 음식으로 시장기나 면하는 음식
*저냐 : 물고기나 쇠고기 붙이를 얇게 저민 뒤에 밀가루를 바르고 달걀을 썩
　　　워서 번철에 지진 것

울릉도 유람

울릉도 도동의 깊고 깊은
언덕을 넘고 넘어서
태고의 천혜
윤깔나는
자연 속으로 유람 간다

섬 주변에는 작은 섬들이
대하 터널에서
통구미 터널 지나니
궁창의 자연 아름다움이어라

해변에 맞닿는 2개의
큰 동굴 속에서
천장의 낙수를 받아 마시면
무병장수한다는 관음도가 있다

세 선녀가 바위가 되었다는 삼선암
송곳처럼 솟아 있다 하여 송곳암
장작을 패어 차곡차곡 쌓아
놓은 듯하다는 고암바위가 있다

나라분지에는

너와집 투막집이 있고
통구미 향나무 자생지
울릉국화, 섬백리 향군락
섬개야광, 섬댕강나무 군락
그리 메지며 있나

후박나무, 동백꽃, 흑비둘기는
울릉군의 상징물이다

도동항 주변은 인간밀림 속
티 없이 맑은 초록빛
바닷물 옴실거리고 있다

여름의 골바람이
밀쳐대니 시원스럽기만 하다.

* 512년 지중왕 13년 신라장군 이사부에 의한 우산국 정벌(울릉도가 최초로 문헌에 등장) * 울릉군 : 울릉읍, 서면, 북면으로 구성됨. 군나무 : 후박나무, 군 꽃 : 동백 꽃, 군새 : 흑비둘기 * 특산물 : 오징어, 호박엿, 삼나물, 명이(산 마늘). * 윤깔나는 : 윤기와 태깔이 좋은 * 궁창 : 푸른 하늘 * 그리 메지며 : 그림자를 드리우며 * 인간밀림 : 사람이 밀집해 사는 것을 나무가 빽빽하게 들어선 숲에 비유한 말. * 골바람 : 골짜기로부터 산으로 부는 바람 * 옴실거리고 : 조용히 움적거리는 모습 * 통구미 향나무 자생지(천연기념물 제 48호) * 울릉국화, 섬백리 향군락(천연기념물 제 52호) * 섬개야광, 섬댕강나무 군락 : (천연기념물 제 51호)

적상산성

적상산성은 사면이
깎아 세운 듯한
암벽으로 둘러싸여
천혜의 요새를 이룬다

옛 절은 간곳이 없고
절터만 남았구나

잎사귀 반짝이는
솔바람 소리
청아하고 기품이 있다

가을 단풍 지지우리는
아미한 여인네
치마 같다 함이어라

걷노라면 자박 자박
감미로운 소리
산은 또 오라 부르고
뭉게구름은 가라 하네.

*지지우리 : 짙게 물들어가는
*자박자박 : 눈, 꽃잎 따위가 소리내며 떨
    어지는 모양을 나타낸 말
*적상산성 : 전북 무주군 적상면 북창리

합창대회

합창대회 단상에 서있노라
환성의 소리 울려 퍼진다
유감없이 발휘하여 보아라

지휘자
피아노 연주자
합창단으로
삼일체의 하모니를 이루노라

끈기와 도전정신
늘 가슴 속 깊이
뿌리 내리는 마음이어라

파파게나
파파게노를 부른다
화악 음의 조화를 이루는
우리는 하나다
푸렁푸렁 소리는
내 가슴이 용솟음치노라.

*환성 : 즐거움에 겨워 부르짖는 소리
*조화 : 서로 알맞게 어울림
*화악 : 불이 확 피어 오르는 모습
*푸렁푸렁 소리 : 살아서 숨쉬는 소리
*용솟음 : 힘이나 형세 등이 세차게
　　　　북받쳐 솟음

거금도의 봄

거금도의 비옥한 땅
봄의 향기 듬뿍
올해는 철이 빨라졌다

속살 드러낸 하얀 양파
수확기가 한참 드바쁘다

전복 딸까
미역 딸까
용두봉 딸까
마늘 농사지을까 걱정이다

당산굿놀이 할까나
제굿놀이 할까나
문굿놀이 할까나
월포 마을에서
놀아지고 쳐지던 굿이다

우리네 살림살이
걱정도 많아
허리 피며 부르는

아낙네
노래 소리 들릴 듯하다

옹기종기 모여
봄나물 무침
친환경 쌀 밥
함께 먹는 맛이 일품이다

자연과 사람
정이 머무는 곳
우리 삶의 승경이어라.

*드바쁘다 : 몹시 바쁘다
*승경 : 아주 좋은 경치

여름 날 숲 속의 산장

박석고개 넘어
금마루 모퉁이 돌아
산장의 빈 집 두 채
그곳
내가 머물고 갈 둥지가 있다

땀 내 몸 적시고
까치는 반긴다
여름 기운으로 물올랐나
잣나무 숲에는
잣 주렁주렁
앞 다투어
자랑을 늘어놓는다

때 이른 나들이
청설모는 빗장 풀고
곳간 문 열어 놓고
들랑날랑 북새통이다

빈집 뜰안
잡초 우거져 있으니

새들 다람쥐 청설모가
한바탕 공연한다
동물들의 놀이턴가 싶다.

숨기척

작사 이기호
작곡 이주호

내 길을 간다

작사 이기호
작곡 이주호

이기호 詩人의 詩世界
— 第3詩集《철마는 달리고 싶다》를 中心으로

金 仙
文學評論家 · 文學博士

시인이란 무엇인가? 어떠한 존재인가?

시인은 '한 떨기 꽃에서 우주의 영혼을 볼 수 있는 견자見者' 라고 할 수 있다. 삼라만상森羅萬象의 본질本質과 그 존재存在의 의미를 유추하고, '꽃잎에 맺힌 이슬떨기를 왕국王國과도 바꾸지 않겠다' 는 향 맑은 영혼의 소유자이다.

영혼이 맑지 않으면 시인은 수준 높은 작품을 생산하기 어려운 것이다. 시인이 노래하고 꿈꾸는 이상향, 그 시인의식詩人意識은 곧 그들의 작품에 반영된다.

그러한 관점의 연장선상에서 이기호 시인의 제3시집《철마는 달리고 싶다》를 통독한 총체적 이미지, 그 의미론意味論에 대해 중점적으로 논급하기로 한다.

한민족 동맥의 핏줄
가로막혔던 것
뻥 뚫려 뜨거운 피가 흐른다

통일의 염원 싣고 열차는
56년 만에 감동의 눈물 싣고
경의선 열차는
문산역을 출발하여 개성역으로
명실상부한
혈맥을 뚫고 떠나간다

남북을 오고가는
운행 열차
한반도 경제가 열리고
평화가 열리는
새로운 희망의 성과다

문산역 곳곳에
한반도기와 '반갑습니다'
희망의 깃발
떠돌이 바람으로
못 다한 말을 휘날리는 거다

빗장 푼 북쪽 땅으로
육해공로 모두 뚫려
한반도 평화의 첫걸음
분단의 벽을 넘어선다

한반도 종단철도
중국으로

러시아로
유럽으로
희망의 꿈을 싣고
철마는 달리고 싶다.

— 〈철마는 달리고 싶다〉 全文

만나면 우리 되니 '우' 와 '리' 는 붙어야 한다.
만나면 소원 되니 '소' 와 '원' 은 붙어야 한다.
만나면 통일 되니 '통' 과 '일' 은 붙어야 한다.
만나면 민족 되니 '민' 과 '족' 은 붙어야 한다.
만나면 사랑 되니 '사' 와 '랑' 은 붙어야 한다.
우리의 소원은 만나면 이루어진다.

— 〈우리의 소원〉 全文

전자의 〈철마는 달리고 싶다〉에는 시인 자신의 감정이 철마라는 대상에 이입移入되어 통일에 대한 간절한 열망, 통일이 이룩된 이후에 시인 자신의 염원과 이상, 절실한 소망이 담긴 애틋한 심사가 잘 용해되어 자연스럽게 어필된다.

시인의 뜨거운 조국애, 민족의식이 담겨진 예시한 두 편의 작품들은 일종의 서사시, 시인의 내면의식內面意識이 반영된 고백시(告白詩, Confessional Poetry) 성향을 지녔다.

참고로 덧붙이자면 로버트 로우얼(Robert Lowe'l)의 인생연구(人生研究, Life Studies, 1959), W · 워즈워드의 "밀턴 도덕원" 엘렌 긴스버그(Allen Ginsberg), 존 베리언(Jhon Berryan) 등의 시인들 작품에 나타나는 시풍詩風과도 일맥상통하는 바 있다.

어머니는
늙으신 부모님
모시는 며느리로서
자식 사랑하는 정
레퍼토리
온갖 위험을 무릅쓰고
용감하게 실천하는
그런 사람이 되거라 한다

남편의 월수입 적어
일도 많고
어려움도 많았으나
뜻대로 되지 않아
힘겹게 살았나 보다

이것저것 도우미
자녀들의
대학 등록금 마련을 위한
취업일 뛰어 오르내린다

대장부의 길
여장부의 길
갈 길을 알면 앞서 가라
너희들
마음과 몸이
고된 것을 참고 나아가라 한다

귀가길
어머니는
아치장아치장
기약없는
모골탑의 길
오르막길 걷고 있다.

— 〈모골탑母骨塔〉全文

장날 우시장에서
사돈을 만난다
한 사돈은 소 팔러 왔고
한 사돈은 소 사러 와서
사돈끼리 사고 팔았다

소 판 사돈은 대학 등록금
마련 때문이었고
소 산 사돈은 길들인 소 샀다

오랜만에 사돈은
군치리집에서
한 잔 두 잔 기울고
담소 나누니
해거름에 거나하다

소 산 사돈은 소등에 타고
이랴 어서 가자

갈 길 재촉 잠들었다

집 들어서자
소 울음소리 듣고
기다렸다는 듯이
아버지
사랑의 맨발
딸은 달려 나왔다

잠깨어 보니
딸의 시집
부녀간의 만남
아비는 히쭉히쭉
딸은 서럽게 울고 있다

아비 건강을 염려하는
딸 마음이 사랑옵다
농부의 신바람은 우골탑이다.
— 〈우골탑牛骨塔〉 全文

아비는 보리죽에
어미는 시락죽에
자식새끼 잘 되라고
대학을 보냈는데
돈타령 술타령에
하늘마저 노랗구나
(70년대 어느 대학에서 발견된 낙서)

60년대 70년대 그 무렵 상아탑象牙塔으로 상징되는 대학은 우골탑牛骨塔, 또는 모골탑母骨塔으로 풍자되기도 했다.

도시라고 해서 크게 다를 바 없지만 특히나 농촌에서 자식을 대학에 보내자면 소, 논, 밭 등을 팔아서 등록금을 장만해야 했던 지극히 곤고한 비극적 현실을 시니컬하게 풍자한 것이다. 소를 팔아 바쳐야 하는 현실, 그래서 우골탑이고 부모, 어머니의 뼈를 바치는 그러한 고충을 빗대어 모골탑이라고 불리었다.

세 번째 인용한 낙서에서도 우리는 생생한 현실감을 되새기게 된다. "아버지는 보리죽에/ 어미는 시락죽"을 먹어가면서 "자식새끼 잘 되라고/ (서울로) 대학을 보"낸 것을 자식인들 왜 모르겠는가? 그러한 가운데서도 자신은 부모님의 기대에 부응하지 못하고 "돈타령 술타령"을 하는 자신에 대한 한탄이 서려 있는 내용이다.

이기호 시인은 당시의 대한민국 교육현실에 대해, 자신의 경우를 통하여 리얼하게 반추, 그 이미지를 생생하게 동영상의 기법으로 반영, 재생시킴으로써 독자들의 공감대를 확장시키고 있다.

늘 조석으로
한 마음 가다듬고
불단 앞에 앉아
제목을 하는 거다

전진 · 승리해
광선유포의 길

가고 있는 거다

아내의 화두
세계의 평화
일체중생의 행복을 위하여
기원의 길
가고 있는 거다

아내의 화두
어떤 일이든
사명감 다하는
그 길을 가고자
기원하는 거다

"작용作用하지 않고
꾸며 갖추지 않고
본래 있는 그대로"
수행의 길 가는
그 모습이 아름답다.

— 〈아내의 기원〉 全文

들고나는 밀물에
배 써나간자리야 잇스랴.
어질은안해인 남의몸인그대요
「아주, 엄마엄마라고 불니우기前에.」

꿀쑥이기에 烟氣가나고
돌바우안이기에 좀이 드러라.
젊으나 젊으신 청하눌인그대요,
「착한일하신분네는 天堂가옵시리라.」

— 김소월 作 〈안해몸〉 全文

　　인용한 김소월 작품은 발표한 당시의 표기법 그대로 옮긴 것임을 밝혀둔다.
　　무릇 부부라는 의미는 불가분의 관계이기에 이기호 시인은 지극정성이 담긴 아내의 기원을 은근하면서도 깊고 살가운 정을 차분한 가락으로 노래하고 있다. 성경에도 "사람이 혼자 지내는 것은 좋지 못하니……" 이러한 뜻에서 창조주께서 아담의 갈비를 취해 이브를 창조했다는 대목이 나온다.
　　고대 희랍의 철학자 아리스토텔레스는 자웅동체설雌雄同體說을 주장하기도 했다. 원래 한 몸이었던 남녀는 신의 노여움으로 인해 분리分離되었는데 그래서 영원히 분리된 자신의 반쪽을 그리워 한다고 한다. 영국의 철학자 존 러스킨(John Ruskin)은 1864년 맨체스터에서 〈왕자의 보고〉〈여왕의 화원〉이란 제목으로 강연을 했다.
　　그 이듬해 1865년 《참깨와 백합, Sesame and Lilies》란 제목의 명저名著를 간행했는데 그 내용중에는 이러한 구절이 나온다.
　　"부인의 도움 없이는 바른 생활이 어렵다."
　　그의 저서 제2장에 나오는 구절이다.
　　"……세상의 원만한 행복이란 남자다운 남자와 여자다운

여자와의 화합 협력에 의해 이룩된다.”

참으로 타산지석他山之石으로 삼아 실천하고 명심해야 할 사항이다.

이기호 시인은 그의 작품 끝련에서, “ ‘작용하지 않고/ 꾸며 갖추지 않고/ 본래 있는 그대로’ / 수행의 길 가는/ 그 모습이 아름답다.” 이렇게 불심佛心이 돈독한 아내의 모습에서 자신을 성찰省察하는 마음의 거울로 삼고 은근하면서도 새록새록 우러나는 깊은 속마음, 정을 노래하고 있다.

여기에 비해 후자에 인용한 심소월의 시에서도, “젊으나 젊으신 청하늘인 그대요/ 착한 일하신 분네는 천당가옵시리라.” 이렇게 읊조렸다.

이기호 시인의 아내 역시 훗날 극락왕생하리라는 기원이 서려나고 있음을 본다.

부모님 숨기척이
살아 있는
그 자리
내가 서 있다

따뜻한 손길
따뜻한 마음
정가로운 말씀을 하시던
그 자리
내가 앉아 있다

내가 떠난 후

그 자리
자식이 서 있다

사랑은 함께 하는 거
기쁨도 함께 하는 거
손잡고 함께 가는 거

내 자식이 떠난 후

그 자리
남겨진 정여울로.

— 〈숨기척〉 全文

〈파랑새〉라는 작품으로 세계적으로 널리 알려진 작가 메테를링크(Maeterlinck)는 이렇게 유명한 말을 남겼다.

"행복은 그것을 알고 있는 사람이 가장 행복한 사람이다."

그는 파랑새란 작품을 통하여 파랑새, 즉 행복은 가까운 곳에 있다는 것을 작품을 통해 여러 독자들에게 일깨웠던 것이다. 이기호 시인은 부모와 현재의 자신과 자신의 자녀……, 이렇게 이어지는 인생의 사유 속에 감춰진 심오한 뜻, 불교적인 연기설緣起說에 기인하여 이렇게 승화시켜 노래한다. "그 자리/ 남겨진 정여울로."

우주만물의 순환법칙, 영고성쇠, 생로병사에 대하여 물의 흐름, 세월의 흐름, 정의 흐름을 언어의 감각적 형상화, 시인의식의 은밀한 곳까지 작품화시킨다.

　　"시는 사상을 장밋빛으로 감각시키는 일"이라고 했던
T.S 엘리어트 시인의 말을 연상시킨다.

　　나는 한 남자로서
　　나는 한 가정의 지아비로서
　　나는 한 자녀의 아버지로서
　　나는 한 교육자로서
　　나는 한 한국인으로서

　　나는 역할 다 하고 있는지
　　내 자신에게
　　묻고 싶을 때가 있다

　　늘 애오라지 무엇인가
　　잊어버린 것 같은
　　마음으로 삶을 살고 있다

　　나의 알음알이
　　염원이 성취되어야 하는 것을.

—〈염원念願〉全文

　　자신에 대한 뼈아픈 사연이 서려나는 내용이 주조를 이
루는 해당작품을 읽고 나면 증자曾子의 이러한 언행을 연상
시키게 된다.

　　曾子曰증자왈　吾日一三省吾身오일일삼성오신　爲人謀而不忠乎위인

철마는 달리고 싶다 185

與朋友여붕우 交而不信乎교이불신호 傳不習乎전불습호

상기 원문原文은 이러한 뜻으로 풀이된다.

증자가 말하기를, 나는 매일 자신을 하루에 세 번씩 반성한다.
남을 위하여 일하는 과정에서 정성을 다하였는가?
벗들과 함께 서로 사귀는 데 신의를 다하였는가?
제대로 익히지 못했으면서 남에게 가르치려고 하지 않았는지?

위의 글은 논어論語 학이편學而篇에 나오는 부분이다. 글의
내용은 사회생활을 하는 데 있어서 대인관계의 중요성, 자
신의 인격도야와 성실성, 올곧은 삶을 지향하려는 참다운
지식인으로서의 절실하고 진솔한 면모가 나타난다.
　이기호 시인의 경우 연대나 그 대상은 설사 다를지라도
본질적으로는 일맥상통하는 바 있다.
　"나는 한 남자로서/ 나는 한 가정의 지아비로서/ 나는 한
자녀의 아버지로서/ 나는 한 교육자로서/ 나는 한 한국인으
로서", 이렇게 자신에게 주어진 사명감에 대해 준열한 양심
의 거울 앞에서 자아비판을 하면서 고뇌의 메스를 가하고
있다.
　인류 4대 성인聖人으로 추앙받는 소크라테스는 오로지 진
리를 구현하기 위하여 독배를 피하지 않고 죽음을 택했다.
　저 유명한 독일의 철학자 하이데거는 이러한 말을 하였
다. "죽음을 걸고 행동할 때 존재는 열려진다"고. 소크라테
스는 늘 다이모니온(양심의 명령)에 충실했던 진리의 산파

로서 성자의 진면목을 구현했던 인물이다.
　이기호 시인도 그러한 관점의 연장선상에서 자신의 작품
을 통하여 준열한 자기 성찰과 지성인으로서의 고뇌의 편
린을 여실히 묘파하였다.

　금대봉 기슭에 위치한
　검룡소의 신비로움
　지하수가 용출된다

　눈과 설경이 덮인 사이로
　물길 따라 수만리
　자연이 살아 숨쉰다

　검룡소 냇물은 돌과 숲
　비집고 흐르는 물
　졸졸 노래 부르며
　드넓은 한강수로 흐른다

　검룡소의 정기
　끝없이 솟구쳐라
　서울 시민의 젖줄로
　변치 않는
　한강물의 희망이다.

— 〈검룡소儉龍沼〉 全文

　〈검룡소〉라는 제목의 작품을 제대로 이해하자면 이에 관

한 고찰이 필요한 것 같다.

우리 배달겨레는 예로부터 명산名山마다 '흰백' (白)자를 즐겨 붙였다. 흰백자는 밝음을 뜻하며 태양 숭배사상과 연관된 것이다. 그리하여 백두산, 태백산, 소백산, 이렇게 흰백자를 사용하였다. 태백산은 강원도 영월, 정선, 삼척과 경상북도 안동, 예안, 봉화군 경계에 위치한 태백산맥의 주봉으로서 그 높이는 1561m로 측정된다. 산위에 백석평白石坪이 있는데 북쪽의 황지黃池는 낙동강의 원류이다. 산마루에는 천왕당天王堂이 있기도 하다.

아득한 옛날 삼한三韓시대에 남쪽에는 마한馬韓 변한弁韓 진한辰韓이 있었다. 그 무렵 북쪽에서 만주 일대를 호령하던 부여扶餘가 잘 발달된 철기로 된 무기 및 기마부대를 갖추고 예맥濊貊 옥저沃沮를 다스렸다. 그들은 날로 강성해진 후 그들의 지배 계층 일부가 경주와 가야쪽으로 진출하였다.

경주로 진출한 대표 인물은 박혁거세이고 김해쪽으로 진출한 인물은 바로 김수로왕이다. 그들은 우리 민족의 영산靈山인 백두산을 그대로 옮겨놓은 듯한 태백산에 천제단天祭壇을 쌓고 하늘에 제사를 지내왔다.

태백산은 두 개의 강의 시원지이다. 낙동강 1,399리의 발원지인 황지연못의 옛 이름은 천횡天橫이었다.

우리의 옛 문헌, 이중환李重煥이 지은 《택리지擇里志》나 《동국여지승람東國與地勝覽》에 의하면 낙동강의 첫 발원지라고 나온다.

우리 민족의 젖줄인 한강, 한漢은 크다는 뜻인데 전에는 한수漢水, 즉 큰물이라고 불리웠다. 그 큰물도 한방울의 물에서 발원하는데 그곳은 태백산의 금대봉金臺峯이다. 태초에서 아득한 미래까지 시공을 초월하여 영겁으로 흐르고 흘러 갈 우리 민족의 젖샘의 시초는 제당굼샘이라는 작은 옹달샘에서 비롯된다.

지금 사람들에 의해 불리워지는 지명 및 위치는 이러하다. 강원도 태백시 창죽동산 1의 1.

금대봉 정상(1,418m) 북쪽 경사면 아래에 있다.

현대의 물리적 측정 수치로 보자면 둘레 69㎝, 깊이 29㎝이다. 하루에 솟아나는 수량은 3톤, 연중 온노는 섭씨 9도 안팎이다. 제당굼샘은 비록 작지만 참으로 신성함을 지니고 있다.

지금도 산신제를 올리거나, 그밖에 다른 목적으로 물을 사용하려고 하면 만일 그 사용자가 부정하면 유리알처럼 해맑은 바닥에서 갑자기 이상한 벌레들이 솟아나온다. 부정한 자가 부정하게 신성한 샘물을 사용하는 것을 막으려는 것이라고 전한다. 옹달샘에서 흐르는 물은 2㎞쯤 떨어진 곳으로 흐르다가 골짜기 아래 고목나무 샘에서 솟아나는 지하의 수맥과 합쳐져 작은 연못을 이룬다.

사람들은 그곳을 검룡소儉龍沼라고 부른다.

아득한 옛날 한강 하구에 살던 이무기가 용이 되고자 이곳까지 거슬러 올라와서 한동안 와신臥身했다는 곳이다.

검룡소에서부터 창죽천이라는 실개울이 흐르는데 그 줄기는 남한강 본류本流로 흘러간다. 물줄기는 삼척군 하장면을 지나 임계면 골지천으로 흐른다.

그곳에서 동해쪽으로 흘러드는 임계천과 합류되어 정선군 여량군 아우라지로 이어지면서 사방에서 모여드는 물줄기와 합류되어 한강 유역으로 흘러든다. 한강은 강원, 충북, 경기를 거쳐 동서로 흘러 황해로 유입된다. 강의 길이는 무려 514km이다.

한사군漢四郡, 삼국 초기에는 대수帶水, 호태왕비好太王碑에는 아리수阿利水, 삼국사기 백제본기 21년초에 욱리하郁里河였고 그 후 한수, 다시 한강으로 불리운다. 한강 유역은 대동강, 낙동강 유역과 함께 석기시대부터 문화가 발달하여 많은 유적이 발굴되었고 오늘까지 우리 민족의 문화의 중심지가 되고 있는 곳이다.

태백산 북쪽에 위치한 황지黃池 연못은 낙동강 1,399리의 발원지라고 알려져 있다. 태백산으로 이르자면 삼척의 오십천五十川을 따라 계곡을 올라가야 한다. 오십천은 안동까지 가자면 59굽이의 물결을 따라서 계곡을 타고 올라야 한다고 붙여진 이름이다. 태백산으로 이르는 곳에는 구문소求門沼라는 소가 있다. 산을 뚫고 흐른다 하여 '구무소' 라고도 하고 '뚜루내' (窬川)이라고도 한다.

'구무' 는 구멍이라는 우리말의 고어古語이다. 뚫어진 구멍이 태고의 신비를 간직한 채 자꾸만 넓혀져 구무소의 끝은 알 수 없다고 한다. 구무소에 얽힌 많은 전설이 있다.

소沼의 석벽에는 우혈모기禹穴牟奇라는 글자가 새겨져 있다. 아득한 옛날 단군께서는 중국의 삼황제三皇帝 중에 하나인 하우씨夏禹氏에게 치산치수治山治水의 법을 가르쳤다.

어느해 세상이 온통 물바다가 되었을 때 하우씨는 단군에게 찾아와 물이 빠지게 하는 방법을 물었다.

"그대는 들어라. 천일 공덕을 들인 신검을 구하여 태백산 구무소가 있는 산에 제사를 지낸 후 천지의 기운이 서로 이어지는 수맥의 혈穴에다 신검을 꽂으라. 그러면 물이 빠지리라!"

하우씨는 단군의 가르침대로 따랐다. 그러자 사방천지에 넘치던 물이 어디론가 빠져 나가기 시작했다.

"천신天神의 아드님께 이 은혜 무엇으로 갚사오리까?"

"어서 돌아가서 만백성을 위한 선정을 베풀라. 훗날 다시 천지가 개벽되는 날 내 그대를 다시 부르리라. 그동안 서로에게 주어진 역할에 충실할지어다."

구무소는 이렇게 나라와 나라뿐만 아니라 시공을 초월하여 천지와 인신人神의 관계로 상통하는 관문과도 같은 것이었다. 구무소는 음양의 이치로 보자면 하늘의 양기陽氣를 받아들이는 모든 의미의 모성母性을 지녔다. 또한 우주만물, 신과, 인간이 서로 영응靈應하는 통로의 이미지를 지니기도 했다.

지금까지 필자가 고찰한 내용과 작품 〈검룡소〉를 대비시켜 읽는다면 더 언급할 필요가 없이 시인의 작품이 독자들에게 전달되리라 본다. 민족의식에 대한 자각自覺, 국토에 대한 사랑이 짙게 배어나는 작품이라고 하겠다.

어느덧 한정된 지면이 다한 것 같다.

논급할 작품이 많지만 총체적인 인상을 요약하여 덧붙이면서 끝맺기로 한다. 지금까지 전자에서 필자는 이기호 시인의 제3시집《철마는 달리고 싶다》에 담긴 다양한 그의 시세계, 작품 성향을 하이라이트로 조명하고, 유사한 성향의 작품을 대비시켜 그 의미론을 부여하였다.

크게 이 시인의 작품 성향을 몇 가지로 분별하자면 인간

본연의 자연친화自然親化 회귀사상回歸思想, 지구상에 마지막
으로 존재하는 분단 조국에 대한 상황인식, 통일의 염원에
대한 그의 이상향과 시인의식詩人意識, 가족과 이웃에 대한
무한한 사랑과 정, 지난날에 대한 회상回想과 추억을 반추하
면서 자신의 모습을 되새기고 성찰하는 내용들이 주조를
이루고 있다.
　이기호 시인의 시집 출간에 대해 진심으로 축원, 더욱 정
진하여 대성大成하라는 희망사항을 덧붙이면서 아쉬운 펜
을 놓는다.

이기호 제3시집

철마는 달리고 싶다

•

지은이 / 이기호
펴낸이 / 김재엽
펴낸곳 / **한누리미디어**
디자인 / 지선숙

•

110-816, 서울시 종로구 부암동 185-5번지 4층
전화 / (02)379-4514, 379-4519
Fax / (02)379-4516
E-mail/hannury2003@hanmail.net

•

신고번호 / 제300-2006-61호
등록일 / 1993. 11. 4

•

초판발행일 / 2007년 7월 20일

•

ⓒ 2007 이기호 Printed in KOREA

•

값 10,000원

•

※잘못된 책은 바꿔드립니다.
※저자와의 협약으로 인지는 생략합니다.

ISBN 978-89-7969-304-1 03810